Un canard
entre les canines

Les Éditions du Boréal remercient le Conseil des Arts du Canada ainsi que le ministère du Patrimoine canadien et la SODEC pour leur soutien financier.

Les Éditions du Boréal bénéficient également du Programme de crédit d'impôt pour l'édition de livres du gouvernement du Québec.

Diffusion au Canada : Dimedia
Distribution et diffusion en Europe : Les Éditions du Seuil

Données de catalogage avant publication (Canada)
Plante, Raymond, 1947-

    Un canard entre les canines

    (Boréal Maboul)

    (Bébert et les Doguadous ; 1)

    Pour enfants de 6 ans et plus.

    ISBN 2-7646-0303-7

    I. Franson, Leanne. II. Titre. III. Collection. IV. Collection :
Plante, Raymond, 1947- . Bébert et les Doguadous ; 1.

PS8581.L33C36   2004   jC843'.54   C2004-940290-0
PS9581.L33C36   2004

Bébert et les Doguadous 1

Un canard entre les canines

texte de Raymond Plante
illustrations de Leanne Franson

Boréal Maboul

1

Les Doguadous

Tout cela a commencé hier, au caniparc. Jean-Claude m'y a amené. Depuis que nous avons emménagé ici, mon maître fait de l'exercice. Avec un air de conquérant, il lance :

— Bébert, allons explorer cette ville.

Il attache ma laisse à mon collier. Nous partons.

Cette ville est assez chouette. Ses maisons ont poussé sur les pelouses, entre les arbres. Elle est située face à la grande métropole. Le fleuve lui caresse le ventre. Si elle était de mon espèce, elle se tournerait sur le dos. C'est ce que je fais lorsqu'un de mes maîtres me chatouille le ventre. Nom d'un os à poils ! C'est bon !

Je suis un chien. C'est pour cette raison que Jean-Claude m'a amené au caniparc. L'endroit est réservé aux cabots de banlieue, que l'on soit poids lourd ou de poche. À travers la clôture, nous voyons les gratte-ciel de la ville et les ponts où aucun chien n'oserait s'aventurer.

En mettant les pattes dans la place, Jean-Claude a défait ma laisse. Immédiatement, tous les chiens se sont rués sur moi. Chez nous, on fait connaissance en reniflant les nouveaux venus.

Un museau curieux à la fois, je veux bien.

Mais pas trente en même temps ! Pour leur échapper, il a fallu que je me démène.

Je n'aime pas courir longtemps. Je suis un chien de maison, moi, un gardien. Je suis surtout berger allemand avec un peu de colley dans mes oreilles qui retombent légèrement.

En reprenant mon souffle, j'ai constaté qu'il n'y avait là que de bons chiens. Tous semblaient copains. Même ceux qui montraient les crocs, aboyaient et grognaient ! Les queues fouettaient l'air et nous nous flairions joyeusement.

Il y avait Pouf, le basset, un peu pataud mais étonnant quand il décide de courir. Jules et Jim Truffaut. Le premier est un airedale ; le second, un cocker. Pourtant ils agissent comme s'ils étaient des jumeaux. Une foule d'autres m'ont aboyé leur nom qui m'échappait aussitôt. Enfin est apparu Léo La Pagaille.

Léo est un boxer nerveux. Il saute comme un kangourou.

— Viens ! Je vais te conduire à Balzouc, le chef.

Son invitation m'a surpris.

— Un chef, ici ?

— Ce n'est pas tout à fait officiel. Enfin, suis-moi.

Ce Léo La Pagaille m'intriguait. J'ai à peine eu le temps d'apercevoir une petite golden retriever qui se pointait.

— Je m'appelle Lou, a-t-elle chuchoté en battant de ses jolis cils en pare-soleil.

Elle avait la tête d'un ourson polaire. Je lui ai répondu :

— Moi, c'est Bébert.

Et j'ai gambadé derrière Léo qui s'impatientait.

Balzouc est un saint-bernard plein de rides. Accablé par la chaleur, il bave sans arrêt. Il a balbutié de sa voix caverneuse :

— Tu habites l'ancien cottage des Chartrand. Ils avaient une épagneule.

— J'ai senti ça.

Il semblait rêveur, perdu dans des pensées profondes. Il a ajouté :

— Alors tout le chemin est tracé.

— Quel chemin ?

Balzouc soupirait. D'un mouvement de tête, il m'a montré les chiens.

— Ils font tous partie de ma bande. Les Doguadous. Chacun a une sortie secrète dans sa maison.

Jean-Claude m'a appelé. J'ai fait mine de ne pas l'entendre.

— Nous nous réunissons ici tous les après-midi.

— Mais je suis seul à la maison, les après-

midi. Jean-Claude et Mimi sont au travail.
Margot et Rudy ont commencé l'école.

Pouf s'est approché.

— Tu veux que je lui explique, chef?

Balzouc a opiné de la tête. Et ce basset,
d'une voix lente, m'a confié de quelle manière je pourrais les rejoindre.

2

Le chemin dangereux

Ce matin, j'ai suivi les instructions de Pouf. J'ai glissé un de mes os en caoutchouc dans l'entrebâillement de la porte du sous-sol. Ainsi personne ne peut la fermer complètement.

Avant de partir, chaque membre de la famille m'a souhaité une bonne journée à sa façon. Jean-Claude a chantonné « à tout à l'heure ». La petite Margot a déposé un gros baiser sur ma truffe. Rudy m'a tapoté une oreille. Et Mimi, ma grande maîtresse qui part la dernière pour aller au bureau, a ordonné :

— Surveille bien la maison, Bébert. On compte sur toi.

D'habitude, je garde la maison en roupillant. Si un étranger met l'orteil sur le terrain, mes oreilles bougent. Je grogne. J'ajoute deux aboiements. L'intrus passe son chemin et je me rendors.

J'ai dormi quelques heures. L'idée de rejoindre la bande de Balzouc m'a réveillé.

Maintenant, je suis prêt pour l'aventure.

D'un coup de museau, j'ouvre la porte et me glisse dans le sous-sol.

Ce mystérieux Pouf avait raison. Derrière une étagère encombrée d'outils, je découvre un bout de tuyau qui n'a l'air de rien. Il suffit d'y poser la patte et une partie du mur s'ouvre légèrement. Je me glisse dehors avec difficulté. La chienne des Chartrand devait être plus petite que moi, nom d'un os à poils.

À l'extérieur, j'aboutis derrière un buisson. Il faudra qu'on m'explique le truc. Je ne sais vraiment pas comment ces chiens ont construit un tel passage.

Le caniparc est tout près. Même si je n'y suis allé qu'une fois, je pourrais m'y rendre les yeux fermés. Je n'aurais qu'à suivre l'odeur d'urine que mes comparses laissent à chaque poteau qu'ils croisent.

Le chemin est dangereux. Pas à cause des voitures. Les autos ne me font pas peur. Depuis que je suis haut comme trois os, je me méfie des pneus et des pare-chocs. Le che-

min est dangereux parce qu'il ne faut pas que je sois vu.

Dans une banlieue comme celle-ci, un chien qui se promène seul est un chien errant. Qu'arrive-t-il aux chiens errants ? Les policiers les attrapent. Comment pourrais-je expliquer à mes maîtres que je circulais seul dans la rue ?

J'ouvre l'œil, le museau sensible et les oreilles en radar. Chaque fois que j'emprunte une rue, je vérifie si un facteur ne s'y trouve pas, si un promeneur ne traîne pas, si une joggeuse ne court pas.

Ah ! Une auto-patrouille ! Je l'évite de justesse en m'aplatissant derrière une voiture garée. Je poursuis mon chemin. Je longe les haies, je marche sur la pointe des pattes.

L'odeur du fleuve, enfin ! Le caniparc est là-bas.

Léo La Pagaille s'amène vers moi. Il semble aussi énervé qu'un chat dévoré par une armée de puces. Que va-t-il m'annoncer de si terrible ?

3

La rencontre secrète

— Changement au programme, aboie le boxer.

— Pas si fort, je ne suis pas sourd.

Léo marmonne que je dois le suivre. Pourquoi ce mystère ?

Il m'explique que tous les chiens du caniparc ne sont pas des Doguadous. Certains écoutent leurs maîtres.

— Si un chien arrive tout seul, ces humains le trouveront louche.

Je comprends tout à fait ce fameux Léo. Je le suis pas à pas sans rouspéter. Il marche

vite mais ne manque jamais de flairer un pis-senlit ou une touffe de mauvaises herbes.

Nous arrivons au fond d'un terrain de football. Sous les estrades vides, Balzouc est étendu. Il se protège du soleil.

— Je déteste la chaleur. Je suis un chien du froid, de la montagne, bave-t-il. J'ai une mission pour toi. Tu sais ce que signifie le mot solidarité ?

Solidarité. Je ne suis quand même pas un égoïste.

Je lance :

— Ça veut dire qu'on se soutient les uns les autres. C'est ça, la solidarité.

— Content de te l'entendre dire, rumine le saint-bernard. Pouf !

Le basset s'amène. Ce Pouf porte bien son nom. J'imagine que son maître met les pieds sur lui pour regarder la télévision. Ses oreilles traînent par terre.

— Il faut suivre Pouf. C'est mon chien de confiance. Il te donnera mes instructions.

Suivre Pouf n'est pas de tout repos. Il

zigzague, s'arrête sans avertir et se glisse sous les haies. Facile pour lui, avec ses courtes pattes. Pour moi, l'aventure est moins drôle. « Je suis un gardien, ai-je envie de lui grogner, pas un rampant. »

Je garde mes commentaires pour moi. Bientôt, je constate que tous ses détours visent un but. Peu à peu, d'autres membres de la bande se joignent à nous. Léo La Pagaille, bien sûr. Puis les Truffaut, Jules et

Jim. Miss Joséphine, une labrador noire que je n'ai pas vue, hier. Même la petite Lou, dont j'aimerais bien humer les oreilles.

Nous formons une drôle de parade.

4

Le canard qui couine

En plus de temps qu'il me faudrait pour gober cent biscuits, nous arrivons devant une maison. Léo La Pagaille me souffle à l'oreille :

— Un petit braillard habite là.

Un braillard ? Nom d'un os à poils ! Je ne saisis pas ce qu'un enfant vient faire dans cette histoire. Je secoue la tête. Léo n'en révèle pas plus. Il rejoint Pouf.

Le basset se faufile le long de la maison. Il nous entraîne vers la cour arrière. Elle est entourée d'une haute clôture.

Je n'ai pas le temps de lui demander des explications au sujet de l'enfant. Il marmonne :

— Il y a deux façons d'entrer. Là-bas, on peut se glisser sous cette satanée clôture.

Brillante idée ! Mon instinct me chuchote que je ne pourrai pas passer par son trou.

— L'autre moyen, ajoute Léo, c'est de sauter par-dessus.

Autre brillante idée ! Les trucs de kangourous, ce n'est pas pour les bergers allemands. Alors je m'approche de la porte et la pousse de la patte. Comme par magie, elle s'ouvre.

— La porte, vous n'y avez pas songé ?

Pouf et Léo ont la gueule ouverte. Une abeille distraite pourrait s'y aventurer sans problème.

Je demande :

— Maintenant, allez-vous m'expliquer cette histoire de braillard ?

Jim Truffaut me répond :

— C'est un garçonnet de deux ans. Il tire les oreilles des chiens qui l'approchent.

Un enfant qui tire les oreilles des chiens, c'est normal. Je n'ai pas le temps de discuter. Jules ajoute :

— Balzouc veut qu'on lui vole un jouet. On va rigoler.

— Et c'est ta mission, confirme Pouf. Une fois que tu l'auras accomplie, tu feras partie des Doguadous.

Voler le jouet d'un innocent bébé. Tout cela me semble tellement facile. Cette cour est pleine de jouets. Et je ne vois ni ne sens

personne à l'horizon. Pourquoi s'énerver ?
Ils se donnent de bien grands airs pour de
simples voleurs.

Voleur ! Chez un gardien de mon espèce,
ce mot devrait éveiller une puce de
conscience. Mais je veux impressionner
cette bande coûte que coûte.

Pouf, Léo, miss Joséphine, Jules et Jim ont les yeux rivés sur moi. Lou aussi, la belle Lou. Je me gratte l'oreille. Je renifle. Puis je fonce. Je marche bravement vers le milieu de la cour. Il y a une petite piscine de plastique. J'y trempe mon museau, y lape quelques gorgées. L'eau est chaude. Un petit canard jaune y flotte.

Je produis quelques vagues du bout de la patte. Le caneton se dirige vers le bord. Je le cueille entre mes dents.

Il fait « ouin ! »

Je ne m'énerve pas. Et je sors en marchant à peine plus vite.

Jim me crie :

— Envoie-moi le butin.

Je lui fais une passe. Il gambade vers le parterre avant.

Jules et lui s'échangent le canard en caoutchouc. On jurerait qu'ils veulent devenir des acrobates de cirque.

5

Le vrai Bébert

Léo La Pagaille et miss Joséphine se joignent au jeu des frères Truffaut. Le sage Pouf leur conseille la prudence. Moi, je regarde la petite Lou. Je ne suis pas persuadé qu'elle me trouve merveilleux. Est-ce que je l'ai déçue ?

Je pense rapidement. Nom d'un os à poils, je ne suis pas un voleur, moi. Je suis Bébert, l'honnête Bébert, le berger. Je crie à Jules :

— Allez, fais-moi une passe.

Le fougueux airedale m'expédie le canard

jaune. En l'attrapant, le jouet couine encore. Si ce fichu canard m'appartenait, je le déchiquetterais à belles dents. Mais je suis un chien civilisé. Les humains me nourrissent et m'aiment. Alors je me prive de ce grand plaisir.

Les Doguadous me harcèlent. Ils veulent tous mordre dans ce canard. Je ne leur obéis pas. Je fonce vers l'arrière de la maison, pousse la porte. Une fois dans la cour, je m'arrête, remue de la truffe. Je ne détecte pas d'humains à l'horizon.

À pas de loup, je me dirige vers la piscine.

Au moment où je relâche le canard dans l'eau, il couine.

— Il y a un gros chien perdu dans la cour. Il veut prendre le canard de Thierry.

C'est la voix d'une fillette. Je la vois soudain à la porte de la maison, avec son petit frère. Si je pouvais répondre :

— Vous vous méprenez, braves gens. Je ne suis pas un voleur de jouets. Je vous rapporte votre bien.

Tout ce que je peux émettre, c'est un waff! bien senti.

Le braillard se met à brailler. Nom d'un os à poils, je n'ai pas une seconde à perdre. Je rejoins les autres.

6

Les Doguadous à mes trousses

Les autres, justement. Ils m'attendent, alignés comme des soldats : Pouf, Léo, Jules et Jim, miss Joséphine. Et même Lou. Tous ces cabots me montrent leurs crocs.

Si j'étais un pékinois, je claquerais des canines. Mais un bon vieux berger doit se montrer plus brave que ça.

Je fonce dans l'autre direction. Pas pour prendre la poudre d'escampette. Je ne suis ni voleur ni lâche. Simplement pour les essouffler un peu. Ils se lancent à ma poursuite.

Léo La Pagaille court plus vite que moi. Je l'avais deviné. Par contre, je connais les boxers. Ils font les durs avec leurs museaux écrasés, mais ils ont peur de leur ombre. Alors j'aboie « Tranquille ! » dans les oreilles de Léo. Il se met à faire du surplace.

Pouf me rejoint à son tour. Je lui murmure que, s'il tient à ses grandes oreilles, il ferait mieux de se rabattre au sol. Il dit :

— Bon… bon, bon…

Les autres s'immobilisent également.

Seule Lou lance un jacassement. Mais elle est tellement belle que je lui fais un clin d'œil. Si les chiens pouvaient rougir, elle le ferait. Elle se contente de battre des paupières et de la queue.

Miss Joséphine rugit :

— Quoi ! Tu ne veux pas faire partie de la bande ?

— Je vous aime bien, les Doguadous, mais je n'ai pas envie de devenir un délinquant par solidarité.

— Ah ! Les grands mots ! glapit Jules.

— C'est juste pour s'amuser, reprend Jim. Tu ne t'amuses jamais, toi ?

— Pas en volant les jouets des enfants.

Pouf lève un œil.

— Eh bien, je devrai rapporter ton comportement à Balzouc.

— Dis-lui que j'ai le droit de ne pas participer à vos mauvais coups.

Je pars en leur présentant ma queue. Je souhaite qu'ils ne me sautent pas sur le dos.

Non, je crois qu'ils réfléchissent avant de se disperser.

7

C'est comme ça !

De retour à la maison, je retrouve le passage secret. Je m'y glisse. Pendant un moment, j'ai peur de rester coincé. S'il fallait qu'on me retrouve la tête dans le sous-sol et le derrière dehors, de quoi aurais-je l'air ?

Ce passage secret ne doit pas devenir un piège. Si je veux l'emprunter de nouveau, je devrai surveiller ma consommation de biscuits.

Je m'étends sur le vieux canapé qui m'est réservé. Je n'ai pas sitôt fermé l'œil que Rudy revient de l'école. Il dit :

— Tu es vraiment chanceux d'avoir roupillé toute la journée.

Il se fait une tartine au beurre de chocolat. Je trouve la force de me lever, de marcher jusqu'à lui et de battre de la queue. J'adore les coins des tartines de Rudy.

Il devient moins drôle quand il déclare, en attrapant ma laisse :

— Papa m'a demandé de t'amener au caniparc, mon Bébert. Tu as besoin d'exercice.

Je sautille, sors la langue, me contorsionne. Je m'imite quand je suis content. S'il savait comme je me passerais de cette excursion !

Nous n'avons pas fait quinze pas dans la rue que j'aperçois… Balzouc ! Comment va-t-il réagir ?

Il ne fait rien. Rien du tout. Il est au bout d'une laisse. Il accompagne une vieille dame, minuscule, qui le réprimande.

— Que je ne te prenne plus à t'éloigner de la maison comme ça !

De son côté de rue, il me lance un aboie-ment complice qui signifie :

— C'est comme ça, vieux ! Même chez les Doguadous !

Par chance, ni sa maîtresse ni mon petit maître ne le comprennent. Nom d'un os à poils !

C'est quoi, Maboul ?

Quand tu commences à lire, c'est parfois difficile.

Avec **Boréal Maboul,** ça devient facile.

• Tu choisis les séries qui te plaisent.

• Tu retrouves tes héros favoris.

• Les histoires sont captivantes.

• Les chapitres sont courts.

• Les mots et les phrases sont simples.

• Les illustrations t'aident à bien comprendre l'histoire.

Les Éditions du Boréal
4447, rue Saint-Denis
Montréal (Québec) H2J 2L2
www.editionsboreal.qc.ca

MISE EN PAGES ET TYPOGRAPHIE :
LES ÉDITIONS DU BORÉAL

ACHEVÉ D'IMPRIMER EN MARS 2004
SUR LES PRESSES DE TRANSCONTINENTAL IMPRESSION
IMPRIMERIE MÉTROLITHO, À SHERBROOKE (QUÉBEC).